名流詩叢 50

情話
The Tongue of Love

認命到底而命運不公平遊戲　總是證明失敗的案例

就像情話宣稱要達成星星　賦予我們的目標

月亮反射的幻影描繪出不同圖畫　奇異風格的史詩敘述

〔土耳其〕梅舒‧暹諾 (Mesut Şenol) ◎著

李魁賢 (Lee Kuei-shien) ◎譯

序　悅讀《情話》

馬維塞・葉納爾（Mavisel Yener）
土耳其女作家・詩人・文學評論家

　　梅舒・暹諾作為我們的文化和智慧資產之一分子，在這部作品中吸收宇宙知識，轉化為藝術形式。這些詩呼喚未來，似乎多少成為辯證人際關係的概要。此外，更是超越個人局限，接納社會記憶。在字面上，有一種世界觀，偏向有利於詩和人性。梅舒・暹諾盡量避免使用陳腔爛調；反之，他更喜歡採行獨特策略。正如他所說的「有人把我擺到樹枝上／立刻就被摘掉」（引自〈野花〉），提出自然與人類關係的美學和倫理維度。

　　我可以悄悄告訴你，當你用千種顏色費盡千言萬語情話，愛撫這些詩時，你會在詩歌的表現和內容方

面，遇到一些有趣的事。誰都想不到，每首詩都可能代表一個真實故事，用詩的語言敘述。梅舒・暹諾身為當代知識分子，把永遠不會過時的詩句，放入我們的詩袋內。他處心積慮使人悅讀《情話》，難以忘懷。

不管使用何種分析策略，來看待任何藝術作品，無非是來自對物體印象的產物，可開放詮釋。所以，《情話》是半開的門，讓讀者的感覺可以流動。進入此門，讓「晨露滴在詩的山崗上」（引自〈晨露〉）。

願我們的生活得到祝福，從詩情起飛，直達詩的核心。

2016年5月

目次

情話
The Tongue of Love

一隻翠鳥從草叢中
　　　　　突然飛起
狂吠獵犬莫名兇猛
　　　　　追蹤獸跡
解放心靈不在乎疲憊
　　　　　至少已有片刻
如此巨大的（一如從前）慾望無邊
　　　　　眼淚滴落滾成雪球

然而愛情牢牢掌握在人民的命運裡
　　　　　可為其目的說話
其口舌敘說人人猜得到的語言
　　　　　連廢話都在內

外國牧場變成故鄉草坪

　　　　你大可虛擬

幽靈般的存在永存於愛心

　　　　不會死的經驗

兩難在愛情星球橫行霸道

　　　　誰受傷無人知曉

認命到底而命運不公平遊戲

　　　　總是證明失敗的案例

就像情話宣稱要達成星星

　　　　賦予我們的目標

月亮反射的幻影描繪出不同圖畫

　　　　奇異風格的史詩敘述

愛情密碼是渴望一個親吻的僧侶所寫

　　　　相信我

　　　　這個傳說永遠不會過時

瘋女
A Crazy Woman

妳長時間瘋瘋癲癲

妳用編貝般牙齒咬我

雖然我們有順利掩護的激情

那是愉快點亮的火焰

我不在乎妳無意中

伸展想像力推開許多層封

身體瘀傷記載成愛情傷痕

不需要特殊治療

我喜歡妳被吸引到我身邊

即使步伐遲遲不進精神病院

我們快樂時期的最佳時段

瘋女，就是妳，沒有令我失望

浪齒和夢想
Her Teeth and Dreams

出門旅遊踏出第一步瞬間

等於咬傷和呵癢的樂趣

不知夢駛航船的舵是否轉向

確定勢必會到達汪洋中

在水域的浪齒和夢想間觀看

附帶航行的疲勞

在與風假裝吹口哨的競賽中

為失眠的肉桂氣味著迷

不用手指去碰觸頸項

在藉親吻解謎中有些難堪

放出傳遞投射星球反射的光

我們的心靈溫室似罕見花卉土牢

不用槍砲只透過腦波攻擊

心靈子彈具有真正傷人的力道

為選擇在線上落後者

有人奔跑帶他們去上課

治療渴望，只要一滴止渴藥

即可堅決進入軀體承載的高尚心靈

野花
Wild Flower

早晚的草地上
有溫柔微風來定居
由於煩惱縈懷
我開始綻放白花

礫石和塵土地面
閃光碰不到我
我在陽光下水洗
變得灰白

鳥飛到我頭上
那裡有蝴蝶棲息

我高興極了

在葉裡呈現綠色

一生一個精神

用愛滋養

有人把我擺到樹枝上

立刻就被摘掉

晨露
The Morning Dew

給馬利亞和哈瓦

晨露滴在詩的山崗上

農夫生命受到好話祝福延壽

把抵擋不住評論的時代拋在腦後

天堂門為人類訪客開放

敏銳心靈為愛情故事顫抖

天上的餐桌翻轉

直接連結到獨特生活部門

冬季交響樂開始演奏超自然曲調

晨露落到雙雙對對的頭上
在沙漠徜徉看過多少海市蜃樓
他們即將跨越母性的絕妙維度
似一滴晨露改變了世界

小屋生涯
Cottage Life

給安卡

吹來一陣微風帶著陰森森的共鳴

群鳥啁啾合唱鍛煉神祕交響樂

樹葉彼此以純粹詩語交談

溫柔的心情陰影在某處空降

人的心靈聽到遠遠傳來神奇曲調

神旨對愛有所規範不理會人怒

我們的感情可以演奏未創造的樂器

神祕幽谷邀請你我參加典禮

飲那老而不朽世紀的激動狂囂

安卡的群鳥輕快前來敘說往事

那些神話人物時時出現

一切悲傷和喧鬧的生活離你而去

只有一件事可開始安慰你受到傷害

那就是無論如何，必須終止繼續……

給我的貓
For My Cat

她像一顆軟球坐在那裡瞪我

觀察機會想要挨近我

以她黑暗中絢麗的眼睛

經由最技巧的移動規畫路向

她的絲質外表會拱起

或許我碰到她頭髮時是真絲？

她衝上床的方式像一位小孩

把頭埋在枕頭上撒嬌

這隻孩子氣的貓真煩

在屋子裡調皮胡鬧快樂得很

可以媲美最熟練特技演員
弓起背來帶著七條生命

像橡皮筋般伸張在空中彈跳
我的貓就是喜歡這樣
她的氣質和性格與我相合
我無聊時會看著她

我撫摸她就感到輕鬆
再度滿眼被她佔領
可愛的貓活在世界上
卻又告別離去

我在此說三道四談論她

如今看到每隻貓都是她身影

在我孤單時

為我永遠的貓科動物伴侶流淚

愛情倖存
Love Survives

感情的雲彩統治人類大地

群龍和群星同樣輕鬆在天上飛

震撼的話語適時會把心熔化

在天堂拱門內調諧音樂語言

我們沒要求過太多獎學金

異教徒的手揮舞魔術杖

轉變強自容忍的世界

情人們合唱團唱起永恆頌

愛情庇護最激烈的欲望

準備好要對抗不祥的手段

即使夏娃和亞當的命運被封鎖

愛情對抗萬難依然倖存

我聽妳說過
I Have Listened to You

由於山坡變得隱密而縮小

超過水平線時

由於無風的山頂被陰影籠罩

在一天結束時

我進入漫長童話故事世界

突然間夢想地毯飛起

我禁不住有迷迷糊糊的幻覺

即使我不願意忘記

幻影正與未吼出的悶哼聲對峙

在最深的深淵底處

那時刻當聰明想法聚攏在一起

我正在耐心操勞想出人頭地

當我注視山坡頂上的側影

凝望背後的山巒

夢想與現實相混，我感覺時間已到

雖然我不願結束

我要在內心繼續保持妳

準備聽妳的歌謠

當太陽升起……

颶風鬱金香
Hurricane Tulips

信仰的輪子會使生活困難

有些人可能錯過人性的模塑

鑄石、礫石和沙可能粉碎

在看不見的藝術作品下方

誠然心痛是有些治療法

甚至伶牙俐嘴總是躲在暗中

海面閃光如此完美明亮

人生計數器上的肉與齒

來來去去一遍又一遍

正在切削微小的心，誠然

寫作、文字、本質一切

隨風力竭而飛逝無蹤

片刻都不停留

故事和童話變得活生生

存在於史詩文書裡

和吟遊詩人的口舌和手中

一隻山羊從高處注視

邊飲用自由的滋味和寒冷

雲圍成圈圈

在山谷隱密處徜徉

從最底部爆發出怒氣

那應是自然的謎題

在辨識且融合空氣

客套話、水和火

這就是那颶風帶來的
使用海精靈的魔術公式
把鬱金香球莖混在一起
愛和熱情渲染的鬱金香顏色
有時深藍，有時粉紅

颶風不會撕碎
那些嬌花的幼嫩臉頰
是自然賦予兼備苦難與愛
應知不朽的魅力
正是埋在地下的最佳時機

失望無所獲，提高希望

困惑的帥哥不關心

水流自哪一條溪流

水照常流著，生命也是

自己會找到出路

鬱金香和颶風

始終在親吻

生命本身

和彼此之間……

光爆
Explosion of Light

明日夕陽取得權位

已經把未來爆炸

由於幸福淚水溢滿汪洋

只留下憧憬和離別

天空快要裝滿簍……

地母的蘋果會藏起來

一切善行會再三算計

得一療方可治千辛萬苦

光明花束搖搖晃晃流出

掙脫幽深的黑暗……

孤寂的軍隊得到一些慰問
也有水瓶可裝淚水
實存儼然是破裂的天空
即使牧羊人的泉水已涸
誰會關心肆虐的颶風……

你一開始和即刻就已知道
吞下餌，嘴裡會出事
在線路之間，聽到徘徊
我很瞭解你，你有懼血症
當光爆時，你目炫了……

憑純直覺
On Pure Instinct

我們回到對石頭具體預言的奇怪夢想

古董中老派書法已達成某人沉悶的恐懼

無始無終使許多人頭暈準備在天堂處斬

吟遊詩人告訴世界不要放棄熱情保護彼此

雖然諂媚的話重訪女詩人的金籠子感到像女神

探險家和太空人在海上和宇宙空位起飛

智慧設計的精緻工具在虛擬祭壇交談和驚歎

困局和謎題是由外星人為了安靜而設定

來吧，參加我們聊聊山頂天賜黃銅

那些凡人眼裡怎麼不會感到任何痛苦

如果從最風光道路的景觀消失無蹤

妳的身心就會單憑純直覺奔馳

親愛的動吧別在乎妳是否會被囚在自己的天堂

彗星會到妳夢中造訪使事情顯得更寬廣

展開妳的視野去看看超越你所見空無精美的世界

最可怕的行為是讚美妳死前六十天的永恆審判

對妳是否恢復僅僅一丁點的本質會有關係吧

難怪許多心靈仍然隨其直覺追求生死

如今我憑純直覺，求更好或更壞，或不然……

總是不會忘記
All Times Not Forgotten

不是來自通俗的教科書

農民和市民感覺相同

生活接近土地帶來收穫季

棉花收成有通路到城市人手裡

雖然二者用同一塊擦拭眼淚

悲哀把情人受傷的心捆在一起

生活方式不會把某人搞亂

這時該反省到底是什麼這麼可怕

竟有人會從餐桌被拉走

我們這些日子很冷，不是嗎？

有人偶爾會戴上遊戲面孔

如今拼圖塊落到正確的位置

不是該有動作避免災難之時嗎？

妳我有一天會無法確保

我們絲毫不會隱瞞咬人的事實

在我們深心裡仍然會奇怪有些形跡

那是海市蜃樓或是你虛幻形象困擾我

時時刻刻反映在不滅的記憶裡

相信在我頭腦裡總是不會忘記

有趣的發現
An Intriguing Discovery

正在塗繪異樣的圖畫

進行意外的觀察

延遲最終判決

有趣的發現得以寸進

那靈感令人吃驚

假設議題端賴我們

完全喪失的精力

發現瞬間失去權勢

希望不致會離開

愚蠢的樂園

任何事同樣名目令人訝異
誰走錯路還會輕鬆自在
從簡單算術扣掉總和
稀奇的不一致往往取代
沮喪訴願卻找錯地方

這確實是麻煩世界
專家無法充分理解這事實
當愛情採取怪異的方式
處女航會被設定要開始
進行有趣的發現……

在任何點
At Any Point

話從在揚風平原上旅行的情人口出
讓我們享用夢想中的美味冰淇淋
把夕陽開放給免緊張的動物世界
以此方式或另想一招來壓制獸性饑渴

揚眉才能更清楚看見不怕死的對手
對付強勁的企業家似乎沒完沒了
許多恐懼卻少涉及有毒萬靈丹
天堂裡很少有人會對後來者告別

你為何不染指此項議題？
你會眼見到神奇的海市蜃樓

讓我們守基本原則凝視彼此的臉
只是要明白會有最佳捷徑

正當管線內開始化學反應
在我們心中抱定方向當中的任何點⋯⋯

尊嚴的安慰
Dignified Consolation

給安潔莉姬 For Angeliki

據說傳奇已經過見證
昨日英雄和英雌最可怕的
冒險故事是失去理智
勝利是那神聖的美
心痛日以繼夜
氣質是永恆的神的語言

人獲得獨特機會
去爭取和慶祝高貴的動因
沒人知道選擇哪一方式才正確
意識始終是稀有商品

憧憬是最軟心腸的勝利司令官
安慰無底記憶的戰士心靈

在獨特焦點找庇護
Finding Refuge in a Unique Focus

給艾莉妮

For Eirini

可憐的我在獨特焦點找庇護

三稜鏡照在鳶尾花瓣折射的光線

多麼難以置信的是熱情成為唯一

順利追求生存最嚴酷苦悶善行

而話卻不符合悲慘經驗

美景道路導向懷舊的記憶

我溫柔感或許變成對你的品味敏感

可憐的我希望改善鏡頭

率直趨近我們內心實存之道

如今不過是讓任何人猜測

我們聯盟是否最為輕易

你和我或許會立刻神智不清

失落在未知又無法測試的宇宙

你瘋狂的動作可能打動我的知覺

是的，可憐的我心裡掩護許多焦點

時間巨輪不會、絕不、永不停止

微調在何處找庇護和焦點乃是必然……

願我們的夢想翻轉世界
Wish Our Dreams Turn the World

魔法手指伸到

天堂方向

神聖世界藝術家

在衛城台頂端

感情在音樂家間流動

編織文化結構

常識在演戲

島民找到微風靈感

從昨日傳說

可以描繪許多故事

羅德騎士會再來統治
且看今天最精彩慶典

我們只是喜歡在這裡
舉行敬仰儀式
豎琴和鋼琴相親
美音混聲合唱

島民的孿生公主
Twin Princesses of the Islanders

給南熙和艾樂福忒麗雅

To Nancy and Eleftheria

龍吹來時間微風而古怪邪教

野蠻的自我渴望毀滅殘殺

兼備最柔性感情哲學的微調

出現人性以抗衡最險惡的

表皮和底層內心律動之美

孿生公主說：「這裡沒有外人！」

島民同意接受她們是自己人

披上兼具戰爭與和平的裝飾

二位女神般軀體受到一致尊崇

她們是在困難時期的帶路人

確定另一位英雄傳說正在創作中

運用智慧及規範正則

那不是為她們追求感受

愛情和接受快樂的感受

也不是史詩故事中的祭品

生命好意扭曲孿生命運

髮辮和胸部在陽光下整體波動

達到永恆柔性絲綢的存在

這真的不是該採取的討厭步驟

陷入成堆深淵裡

可用神祕外觀來鋪路

騎兵部隊的每位隊員

讚賞這種特異的吸引力

是他們的幻想或俗世的現實

經過的往事已成過去

永遠或是偶爾可以叩訪

雖然學生般暮色挑戰

輕易顯現懷念那些

不會被奇怪行為惱怒的人

或是有戰爭或愛情傷口的代價

那些島民的神祕學生公主

採取果斷行動不想死……

和平與愛
Peace and Love

給艾莉妮

For Eirini

1.

此刻攜手就像過去

幾世紀見證的行為

他們究竟是英雄或俗眾

許多人墜落時間深淵

傳說依然在談惡魔

騎士行為沒有被遺忘

所以不算是和平新紀元

愛平安度過大災難

艾莉妮沒有白活

2.

聖寺的女巫

在口述久逝教派的教規

對蠻橫國王效忠是可怕的事

關鍵不在此

成人行為不檢

天庭階梯會伸出

降臨凡間盈滿雄偉光暈

擁抱是夜間呼喚

艾莉妮劃分內在好心

設定要跨越的門檻

像在幻想山頂遠足

妳我都一身汗

3.

都是關於封鎖的門

鑰匙被丟在黑暗湖中

期待在一個角落出現奇蹟

誰會是救主

經過數世紀古老僵局

來自大地竟無人敢⋯⋯

觸及思想
Touching Thoughts

給艾莉妮

For Eirini

草地安撫風觸及最柔軟思想的花瓣

樂園果實任其內在種籽掉滿地平線

最野性慾望捲起旋風繁殖出春天

寧靜的家反映最想要完成的行為

情慾的威力毒性屈服於最瘋狂安排

用語言表達是無所不在，甚至親自

對最複雜的詢問也可找到公式

可以說任其生活自在以證明真正最佳

讓我處理創造天堂交易的構想

妳擁有巨大影響力和活力去實現

妳的髮、妳的心、妳的肌膚觸及我靈魂

說說妳的想法何處妳我可以輕拍……

幽魂
Haunted Souls

暗夜陰影立誓保密

不為特定故事作證

通靈人物和想法玩弄我

那方式大多數人都沒見過

我覺得可以征服那邪惡世界

他們的興趣不會按照我日常行事

生命步調被怪物尾隨跟蹤

使我們陷入不確定領域

我們頭腦創造的盲目崇拜過頭

不雅的寶物看似熱門話題

神祕直到今天仍然未解

吟遊詩人慣於敘說奇異羅曼史

精神解放佔有普世重要性
把你設定到不止淚盡
超好的成果是無名人士所完成
山霧繚繞和強風令大家吃驚

中國紫和埃及藍塗上一層
灰塵覆蓋被遺忘的軍人和武士
來自法老王和可汗時代
一切經驗都令人驚訝
他們的鬼故事魔法般使他們不死
戰鬥到今天似乎還是無人贏

幽魂自始至終在受苦……

治療儀式
Healing Rituals

最好描述神聖儀式並加以想像

進入存在於純潔心裡的維度

那並不等於進行有節奏的實驗

視覺感受開啟往許多邊界的關口

話語順序良好是療程的一部分

我們的意識延伸把我們導入未來

深藏於我們內在的潛能不會被遺忘

幻覺似乎把一切都弄得模模糊糊

要是走得夠遠，偉大歷史會透露許多慶典

有些理念震動昔日優良行為的平衡

凡能推進我們腦力的都佔有應得地位
改變我們身心兩方面的化學反應

現代世紀規範不確定性的複雜混合體
治療儀式產生心智開放的實質效果
和諧運動顯示我們正前往何處
粗野的現實把我們丟到無法逃避的前線

我們必須把握自己，我們需要治療儀式……

我寒冷徹骨
I am Chilled to the Bone

乾脆明講

我寒冷徹骨

因為你給我虛假希望

我在晝夜之間擺蕩

沿那寶貴回憶的堤岸

是瞥見事物的稀罕視線

仰望天空

你的天線輕輕鬆鬆

只會接收到模糊影像

強風會留存苦難的土地

魔術師揮棒就可養殖兔子

實際上

此刻我警覺到

特別確信

不想陷入深淵

善行任何事都有作為

你想想看忘記是為你好

輕易

就寒冷徹骨

又在火中燃燒

整個歷史一向如此

可能屬於男人或是情侶……

我們的自由破損了
We've Have Brocken Free

我心靈終極無可避免的原始疼痛

渴望以自己的本質去感受

越過山坡飛更高的鳥群

正觀察看要不要破壞自由

確定任何情況都會表現更好

鳥群正沐浴在陽光下多麼自然

到底什麼是最大創造力

令事事保持主軸轉動到那程度？

那是深奧神祕也是奇蹟

我們理智平靜把許多關切放輕鬆

準備迎接和接受所有事件

喚醒感覺可證明難應付

是有更多善良的實例

伴隨我們採取最野蠻行為

尋找生命永恆的意義

再也無法更能確保和諧人性

我們不想分離

只想要能夠說出

我們的自由破損了⋯⋯

月光
Moonshine

窮人找到完美地方過夜

他伸手去抓月亮光線

以為月亮從遙遠星球得到祕訣

他沒有受阻解決困境

月光高高照耀在屋頂上

這個故事不是源自想像世界

窮人不是精靈或靈魂挑選

癲癇發作一如史詩航程

智者發言忠告不充分

悄悄談話突然靜止

他相信自己被某些權力佔有

忘掉人所公知的可能性

口述傳統說那是捷徑

通往另一領域，是前輩

在等看會發生底事

時間成熟時天空出現月光

繼續慈祥緩慢運動

已得到幸福解藥

每逢貧民乞求

老月亮會分送月光

在暗中……

我的慣性
My Inertia

我已證明對所有可能性都會失敗

苛刻的生活要素沒有把我轉變成無情野獸

一旦基因出瓶難收就把我童年拋在腦後

我變得雄心勃勃要去掌握真正生命時

那瞬間或有時會完全受到打擊

對不祥的進攻加以報復就眼花撩亂

在支配這時刻難以想像的苦悶天平上

神力使用方法造成威脅事件

我幾可證明難以稱為文雅教養

無力消弭成功捨棄我的意識

無法在最困惑狀態穩定我的情緒

我的抵抗心情提升卻愈加絕望

最後防線被非異國力量打敗

靈思構想面對空轉損失漸漸消散
我在看不見的壓力下粉碎變成殘廢
黎明時積欠的惡德行動更生
從奇特進到怪異，地平線模糊了
睜開眼睛業已發現人類

智慧為薩滿教的心靈所景仰
未解決的罪行問題仍然拖延
身為無悔的生物我膽敢弄清楚
我的慣性如今似乎在運動
要恢復新近刪除的記錄⋯⋯

探究要緊事
On Search for Something

我不想成為改變遊戲規則的人

親愛的，我只想感到活跳跳

勇猛到碰到要緊事就絆倒

我不該列在傷心名單上

我們的痛苦以快速步調發展

生命在多少維度上致富

妳在精神伴侶基礎上接近我

請費一點時間看看我們發生什麼事

我正要邀妳滿足永恆的渴望

非凡天堂的果園似乎完整無瑕

該準備好感知難以描述的要緊事
我們可以在此不斷享有夢想

我喜歡遠足攀登壯麗山脈
我們心情會提升到滿懷希望高點
沒有什麼事要藏在路線之間
新紀元迴響吟遊詩人唱不完的韻律

不確定能找到妳的財寶
每一真實的舉動都有魔術

妳終究要自己去完成要緊事……

活動中
On the Move

不用工作

不會持久

不致於發生

從日出到日落

誰會拯救世界？

你能逃出監獄嗎？

不然誰會為你行動捨身

那是對我們親愛同胞的呼喚

關鍵問題是探尋內蘊永恆真理

任何冒險的黑暗面仍然完全敞開

此困局再度呈現此類全新挑戰

有些只是留下來傷他們迷惘的頭腦

意識世界的戰士絕望地前進
你以為那是前往工作嗎？

許多鳥群聚集在移動人口的土地上
如今傳達混亂時間和深深斷層線
你可能會死於毒性武器造成的傷害
野蠻殘殺你的真心就是如此這般
那麼告訴我到底誰在活動中？

逾時
Over Time

利用大規模的時間侵蝕力

把希望撕裂碎成礫石

無相同之事，因為無處會有

散亂辨識滲透到陰森窮境

每人都有故事要說給人聽

如今有理由嘗試逃跑

候鳥在天暗時迎接他們

傷口還是會逾時癒合的樣子

證據指向情人的墜機現場

那不過是雙重人間失事

迄今最佳制度無法停止時間

雖非壯觀卻在適度運行中

敬請盡力惠賜協助

我正把握自己和我方行徑

緊急問題乞請明確交代

此項動作也相當容易失敗

隨時描繪軌道不需我們允許

費盡心力分析即將終結

透示留下時間引擎……

薄紙幻想
Paper Thin Fantasy

坦白講

我們正要開始探究

有些事湊在一起就出現

難以表達的不同恐懼胃口

那是最具破壞性的正確舉動

在盛大心靈旅程迴響中

不可思議的長期漂泊隱喻

於此可笑諷刺的面具背後

豈非大地對此不祥惡夢的震動反應？

善良行為的人性翻轉顛倒

慈悲絕望失落留在血中

總之，你沒有被遺忘……

神仙與時間
Fairies and Time

神仙經常跑來山丘玩

在最頂峰，確實做夢後

未知的故事令人出神

經由今日呼吸

誰不想換掉

其中任一項目或錯覺

看來似乎都沒有進展

在他們跨過彩虹時心跳改變了

有多少人在他們保護下

即使在沒有神仙感情存在的地方

他們向孤兒伸出手千萬次

不能走路的馬就待在角落裡

馬蹄破裂，土地供水豐沛
人類心靈果園內的心花開了

樹苗繪得非常綠
不需揮灑感情
無論如何，心愛的臉又重現
臉頰呈顯血色滴在乾淨手帕上
眼淚變成真珠
雜揉喜悅

傷心的門在夜裡關閉

然後，發生什麼事，在哪裡結束
給我們留下永遠的謎……

拉警鈴
Set Off Alarm Bells

警覺的眼神抓住驕傲的一瞬

他們還弄髒了可疑的空虛

他們以為自己是偶像人物

一生的總務執事正受到質疑

需要就是現象的理解

為你的終極測試做準備

眾多理由呈現此情況

你別在此情節全部失手

我們內心創傷不想表面化

總之我欽佩你的機警

許多祕密千萬守住不漏

證明你是生活上活躍探險家

相信有勇敢的人挺身而出

時鐘準備好在第四維度滴答

時間及相關的監護人有權

拉警鈴齊聲鳴響⋯⋯

壯麗景觀
Sublime Landscape

不知道那些狂熱幻想如今在哪裡

有些正接近大聲警哨的邊界

討論浪漫主義與愛情可塑性比較

緊張不安掩蓋了風景之美

我們化學遊戲中的貢獻劑是什麼？

心智和靈魂涉及到我們總是麻煩事

強硬到無法保持我們呈一直線

不知道我未來在哪裡型塑甚至改變

用詩愉快言詞挑逗和喚起思想

在任何情況下會錯失很好的機會

最佳理念需靠我們雙手掌握

純粹的愛情超越各種各樣的理解

命運於此顯示複雜到太過奧妙

神的戰車可以等候神聖呼叫

這是自古未說過的故事無人知道

抽象思惟吸引上天在人心中的設計

心靈世界之間有可怕的連接

身體可以感受到異常的熱和知覺

有些愉快的見面總是輕易甜蜜

所以另外推測想像你腦中的英雄

面對所有挑戰模式呈現夢般可能性……

突然出乎意外
Suddenly and Unpredictably

要解開世界最困擾的謎語無異自殺

一旦確證誰是懸案的罪魁禍首

連殘酷的十字軍都無法理解那是什麼

旅行在驚奇與直率之間相生相剋

自立式和游走式佔有大部分重量

清白和罪惡統治不公和急躁的土地

永恆與世俗的議題始終有大爭論

對被遺棄的愛情綜合分析治療不了誰

人類完整性不計入時間和空間真實投射

各種罕見生命和事件無法消除暗物質

擬議的提案和目的不會合併和交配

生死被打入大洪水簡單故事的冷宮裡

就在傳奇之旅到達最後終點和命運後

有些事出現而改變了全盤遊戲

和平與意志力可穿透

聾耳和最冷漠的心

突然出乎意外……

象徵主義
Symbolism

更大的陰謀伴隨地面發生的事運作
永不終止的謎在不可預測的安排中定位
有些論證堅決對抗已經失敗的論證
巨型鬧劇中心舞台的大人物在高興遊行
他們似乎大出意外就像嬰兒受到驚嚇
以極端準確一致鍛造重要結盟的模式
推測會隨時指出光明燦爛的未來

心靈力量的信徒看到辨別事實的問題
沒有理由認為愛情懸空在獵戶腰帶星
隱性光射束穿透過心中的反光屋
我們理應重溫業已荒廢的祝福與希望
掩蓋真正意圖避免如火熱情饑渴

「我都有第二次機會」是你不敗的箴言

若我們真想再回來，那就要變成避雷針……

請稍候
Take a Moment Please

無聊感時起時落不定時

巨大利益出現在感情難受的荒野

應該是沒有人會掠奪任何民族財富

心提供安全索以堅忍享受打擊

我們如今超過既往被困在命運後院

秋樹的淡黃葉戀戀捨不得離去

亟盼對最親愛的依靠不致失望

坦白講這想法瞬間就被吹走

你若非稍候成為他們告別的一部分

共享垂死社會崩潰的永恆情意

便是變成永垂不朽的責任

所以，惱人的問題仍然在陰影中
那不是人為錯誤或是機械故障
困難的解答正是這個世界所需要
儘管人人的最後天命依然不變

最後你應該不會失去我們故事的線索……

匯聚太多激情
Too Many Converging Passions

人類本性問題往往在寒風日子黎明突然出現
必須排除所有難解的祕密動機和深情心境
避免來自天堂所擁有最想要的情緒抒發
他們權力足以滾動地球，而對萬事見怪不怪

啟示錄的四位騎士從頭到尾試圖征服一切
樸素生命度類似生活的心靈直覺爭取世俗滿足

你成為在後代子宮幾秒內播下新種子的創造者
若你膽敢對抗異世界邪惡就可在宇宙中找到絕配
巨大障礙擋路，無人預想到阻止一切戰爭之母
最後戰鬥暴露出運作困窘心靈被竊佔視域的本性

文字不純字面意義而是具備象徵性有如突發奇蹟

眼前的勝利本身是否瀕臨失敗無關重要

那是可敬可佩抵制觸動逃越進化過程的反應

必須強調心中所寫傑出又崇高記錄的力量

請拿鑰匙給每一位！

揭發內幕的證據告訴我們

對峙和衝突的感覺和想法

無法過早預測會發生什麼事

最引人入勝的劇情創造

如此陡峭滾落路上

匯聚太多激情

走各自不同的方式……

等待發生
Waiting to Happen

挑戰不止是你和我

場景使我們感到無力

來去無時

琥珀光地平線變暗淡

邪念支配我們想像

滿月照亮全程

自然產生令人恐怖的混居聲音

夢幻故事的貓頭鷹率直說自己的語言

熱情的接觸遠遠就錯過了

絕望不是選擇來抹消

此項尋找心靈之旅不能半途而廢

即使最世俗的環境有規約

你的命運尚未確定

有更多的冒險在排隊

等待發生

和平或戰爭，生或死

你和我似是最迫切的議題……

西奈小説
Sinaia's Novel

傳說曾經到處一片黑暗

惡龍徜徉於山谷河川

恐懼統治大地，很多人流淚逃亡

雖然在失去國境的森林地平線

獲得了希望動量

西奈小孩想欺騙聰明人的行動

是以光明燈塔給予熱心居民

他們接受挑戰遭遇到龍

即使在日思夜夢中努力工作

勇敢心靈把他們投入市鎮溝渠

靈敏皮膚上的濺血被水滴稀釋了

無法想像與鬥士纏鬥

崇高的心喊叫聲終於止息
留下未完成任務的痛苦痕跡

如今是醒來別做夢的時候了
藉任何事生活可能會阻礙
寫作特殊的西奈小說
志工擦拭憂傷眼淚
人類資本在心智
西奈作家知道正在做什麼
正在白紙上創作西奈小說呀

關於詩人
About the poet

　　梅舒・暹諾（Mesut Şenol）畢業於安卡拉大學政治學院，獲公共管理與公共關係碩士。擔任過市長、區長和總理衙門公關部部長。出版詩集11部，許多詩作和文學翻譯，發表在各種文學刊物和選集。參加過許多國內外詩歌節，部分擔任策劃人。獲多項文學獎。為許多文學組織的會員。目前是三海（波羅的海、黑海、地中海）作家和翻譯者協會理事、西班牙貝尼多姆詩學會（Liceo Poetico De Benidorm）土耳其

文化代表。任教於葉迪特佩（Yeditepe）大學翻譯和口譯研究系、私立Bahçeşehir大學傳播系。主編伊斯坦堡《紙莎草》文學雜誌（Papirus）。譯有李魁賢詩集《黃昏時刻》（*Alacakaranlık Saati*，伊斯坦堡Artshop集團出版社，2018）和《台灣新聲》（*New Voices From Taiwan / Tayvan'dan Yeni Sesler*）漢英土三語本（美商 EHGBooks微出版公司出版，2018）。

關於譯者
About the translator

　　李魁賢，1937年生，1953年開始發表詩作，曾任
台灣筆會會長，國家文化藝術基金會董事長。現任國
際作家藝術家協會理事、世界詩人運動組織副會長、
曾任福爾摩莎國際詩歌節策畫人。詩譯成各種語文，
在日本、韓國、加拿大、紐西蘭、荷蘭、南斯拉夫、
羅馬尼亞、印度、希臘、美國、西班牙、巴西、蒙
古、俄羅斯、立陶宛、古巴、智利、尼加拉瓜、孟加

拉、馬其頓、土耳其、波蘭、塞爾維亞、葡萄牙、馬來西亞、義大利、墨西哥、摩洛哥、哥倫比亞等國發表。出版著作包括《李魁賢詩集》全6冊、《李魁賢文集》全10冊、《李魁賢譯詩集》全8冊、翻譯《歐洲經典詩選》全25冊、《名流詩叢》50冊、李魁賢回憶錄《人生拼圖》和《我的新世紀詩路》，及其他共二百餘本。英譯詩集有《愛是我的信仰》、《溫柔的美感》、《島與島之間》、《黃昏時刻》、《給智利的情詩20首》、《存在或不存在》、《彫塑詩集》、《感應》、《兩弦》和《日出日落》。詩集《黃昏時刻》被譯成英文、蒙古文、俄羅斯文、羅馬尼亞文、西班牙文、法文、韓文、孟加拉文、塞爾維亞文、阿爾巴尼亞文、土耳其文、德文、印地文，以及有待出

版的馬其頓文、阿拉伯文等。曾獲韓國亞洲詩人貢獻
獎、榮後台灣詩獎、賴和文學獎、行政院文化獎、印
度麥氏學會詩人獎、吳三連獎新詩獎、台灣新文學貢
獻獎、蒙古文化基金會文化名人獎牌和詩人獎章、蒙
古建國八百週年成吉思汗金牌、成吉思汗大學金質獎
章和蒙古作家聯盟推廣蒙古文學貢獻獎、真理大學台
灣文學家牛津獎、韓國高麗文學獎、孟加拉卡塔克文
學獎、馬其頓奈姆·弗拉謝里文學獎、秘魯特里爾塞
金獎和金幟獎、台灣國家文藝獎、印度普立哲書商首
席傑出詩獎、蒙特內哥羅（黑山）共和國文學翻譯協
會文學翻譯獎、塞爾維亞「神草」文學藝術協會國際
卓越詩藝一級騎士獎等。

語言文學類　PG2896　名流詩叢50

情話
The Tongue of Love

原　　　著 / 梅舒‧遏諾（Mesut Şenol）
譯　　　者 / 李魁賢（Lee Kuei-shien）
責 任 編 輯 / 石書豪、紀冠宇
圖 文 排 版 / 黃莉珊
封 面 設 計 / 吳咏潔

發 行 人 / 宋政坤
法 律 顧 問 / 毛國樑　律師
出 版 發 行 / 秀威資訊科技股份有限公司
　　　　　　114台北市內湖區瑞光路76巷65號1樓
　　　　　　電話：+886-2-2796-3638　傳真：+886-2-2796-1377
　　　　　　http://www.showwe.com.tw
劃 撥 帳 號 / 19563868　戶名：秀威資訊科技股份有限公司
　　　　　　讀者服務信箱：service@showwe.com.tw
展 售 門 市 / 國家書店（松江門市）
　　　　　　104台北市中山區松江路209號1樓
　　　　　　電話：+886-2-2518-0207　傳真：+886-2-2518-0778
網 路 訂 購 / 秀威網路書店：https://store.showwe.tw
　　　　　　國家網路書店：https://www.govbooks.com.tw

2023年3月　BOD一版
定價：200元
版權所有　翻印必究
本書如有缺頁、破損或裝訂錯誤，請寄回更換

讀者回函卡

國家圖書館出版品預行編目

情話 / 梅舒‧暹諾(Mesut Şenol)著 ; 李魁賢譯.
-- 一版. -- 臺北市 : 秀威資訊科技股份有限
公司, 2023.03
　　面 ；　公分. -- (語言文學類 ; PG2896)
(名流詩叢 ; 50)
　　BOD版
　　譯自 : The tongue of love
　　ISBN 978-626-7187-52-4(平裝)

864.151　　　　　　　　　　111021724